별에서 별까지

푸른도서관 75

별에서 별까지

초판 1쇄 / 2016년 4월 15일
초판 2쇄 / 2020년 1월 10일

지은이 / 신형건
펴낸이 / 신형건
펴낸곳 / (주)푸른책들
등록 / 제321-2008-00155호
주소 / 서울특별시 서초구 양재천로7길 16 푸르니빌딩 (우)06754
전화 / 02-581-0334~5 팩스 / 02-582-0648
이메일 / prooni@prooni.com 홈페이지 / www.prooni.com
인스타그램 / @proonibook 블로그 / blog.naver.com/proonibook

글 © 신형건, 2016

ISBN 978-89-5798-515-1 04810

이 도서의 국립중앙도서관 출판시도서목록(CIP)은 서지정보유통지원시스템 홈페이지(http://seoji.nl.go.kr)와
국가자료공동목록시스템(http://www.nl.go.kr/kolisnet)에서 이용하실 수 있습니다.
(CIP제어번호 : CIP2016002549)

표지 및 본문 그림 | 생텍쥐페리 『어린 왕자』 삽화 일부

(주)푸른책들은 도서 판매 수익금의 일부를 초록우산 어린이재단에 기부하여
어린이들을 위한 사랑 나눔에 동참합니다.

별
에
서

별
까
지

신형건
시집

푸른책들

차례

2부 엘리베이터에 혼자 탔을 때

3부 우리 동네 전설

제1부

손을 기다리는 건

별 하나

별을 바라본다.
꼭 하나만을 바라본다.
금방이라도 꺼질 듯 가물거리다가
불현듯, 환하게 되살아나는
별을
바라본다.

지금 네가 보고 있어
비로소 빛나는

그 별
하나를.

손을 기다리는 건

손을 기다리는 건
어제 새로 깎은 연필,
내 방 문의 손잡이,
손을 기다리는 건
엘리베이터의 9층 버튼,
칠판 아래 분필 가루투성이 지우개,
때가 꼬질꼬질한 손수건,
애타게 손을 기다리는 건
책상 틈바구니에 들어간
30센티미터 뿔자,
방구석에 굴러다니는
퍼즐 조각 하나,
정말 애타게 손을 기다리는 건
손, 꼬옥 잡아 줄
또 하나의
손.

입김

미처
내가 그걸 왜 몰랐을까?
추운 겨울날
몸을 움츠리고 종종걸음 치다가
문득, 너랑 마주쳤을 때
반가운 말보다 먼저
네 입에서 피어나던
하얀 입김!
그래, 네 가슴은 따듯하구나.
참 따듯하구나.

마음

마음은 알 수가 없다
그래서
마음이 다 비칠 듯한
네 눈을
한참 바라본다

마음은 잡을 수가 없다
그래서
마음 가까이에 있는
네 손을
꼭 잡아 본다

너와 나

아침마다 한결같이 동쪽에서 해가 뜨는 것처럼
나란히 나란히 어깨동무한 하얀 앞니들처럼
애써 찾지 않아도 언뜻 눈에 띄는 네 잎 클로버처럼
바람이 힘차게 깃발을 펄럭이게 하는 것처럼
지우개가 틀린 글자를 살살 지워 주는 것처럼
웃자란 손톱을 가지런히 깎아 주는 손톱깎이처럼
바라보면 그대로 얼굴을 비춰 주는 거울처럼
해가 진 뒤에 오래 남아 있는 저녁놀처럼

종종걸음

너를 찾아가는 길,

마음이 저만치 내달아 가서

빨리 오잖구!
빨리 오잖구!

손 흔들어 막 재촉하니
어쩌겠어

미련한 두 발이야
종종걸음 칠 수밖에.

너 때문이다

별을
징검다리 삼아
조심조심
건너뛰다가
한순간, 내 눈길은
발을 헛디뎌
첨벙!
캄캄한 하늘에 빠진다

너 때문이다

초인종

꼭 닫혀 있는 줄 알았는데
그게 아니었구나.
가까이 다가가 보니
네 마음의 문은 빠끔 열려 있구나.
얼른 활짝 열고 싶지만
잠깐만 꾹 참을 테야.
그 대신, 문가에 있는 초인종을
가만히 누를게.
내 마음이 너를 부르는
기쁜 이 소리가 들리지 않니?
잘 들리지?
그럼, 어서 문을 열어 주렴!

사랑을 담는 그릇

별을 보면
난 이런 생각이 들어.
처음에, 하늘은 아주 커다란 그릇에
담겨 있었을 거라는.
언젠가, 그릇이 깨어져
하늘은 쏟아져 버리고
그 사금파리들은 별이 되어
하늘에 둥둥 떠다니게 된 게 아닐까?
그렇다면
하늘의 별들만큼이나 많은
세상 사람들, 그들도
여럿으로 나누어지기 전엔
하나의 무엇이 아니었는지 몰라.
아마도, 사랑을 담는 큼직한 그릇이었겠지?

개망초꽃

언제부터
너 거기에 있었니?

친구와 헤어져 혼자 가는 길
가까이 다가가 보니
낯설지 않은 얼굴

너 거기 그렇게
정말 오래오래 서 있었구나?

나와 친해지고 싶어서
아무 말 없이
내 어깨만큼 자란 키

내가 웃음을 보이지 않아도
반가워 먼저
소리 없이 웃음 짓는

네게서, 참 좋은 향내가 난다
참 좋은 향내가 난다.

엉겅퀴꽃

아하! 그랬었구나

나더러 그냥 이만치 떨어져서
얼굴만 바라보라고,
그러다가 행여 마음이 끌리면
조금 더 가까이 다가와
향내나 맡으라고

짐짓 사나운 척, 네가
날카로운 가시를
찌를 듯 세우고 있는 것은

하지만 내가 어찌 참을 수 있었겠니?

떨리는 손끝으로
조심조심 쓰다듬어 보니
그 뾰족한 가시마저
이렇게 보드라운걸!

메아리

네가 소리쳐 부르면
난 우뚝 산으로 설래.
네 목소린 내 마음속에
깊이깊이 울려 퍼지겠지.
그걸 메아리로 돌려보낼래.
ㅡ너를 좋아해!
ㅡ너를 좋아해!
ㅡ정말이야!
ㅡ정말이야!
그러다 가끔 넌 장난도 치겠지.
ㅡ널 미워해!
그럼 난 움찔 놀랄 거야.
하지만 난 흉내쟁이가 아냐.
얼른 또 다른 메아리를 만들래.
ㅡ그래도 난 널 좋아해!

제비꽃

겨우내
들이 꾼 꿈 중에서
가장 예쁜
꿈

하도 예뻐
잠에서 깨어나면서도
놓치지 않고
손에 꼭 쥐고 나온
꿈

마악
잠에서 깬 들이
눈 비비며 다시 보고,
행여 달아나 버릴까
냇물도 함께
졸졸졸 가슴 죄는

보랏빛 고운
꿈.

나무야 나무야

그 전에는 모를 일이야
새가 날아와 앉기 전에는
아무도 눈치채지 못했을 거야
화알짝 벌린 채 오래 기다리던
네 팔이 어디인지

그것도 또 모를 일이야
네 가슴이 어디인지
새가 깃들여 둥지를 틀고
알을 낳고 새끼를 치기 전에는
나도 감쪽같이 몰랐지

하지만 하지만, 모를 일이야
새가 발자국을 찍는 대신
고운 노래를 담뿍 묻혀 놓고 날아간
그 자리를 그 후에도
네 팔이라고 해야 할지

정말 나도 잘 모르겠어
새가 깃들여 살아 늘 훈훈했던
가슴 자리가,
다 자란 아기새마저 떠나 버려 이젠
덩그마니 빈 둥지만 걸려 있는
그 자리가 아직도
네 가슴인지

새야 새야

넌 벌써 높이 날아올라
힘차게 파닥이는 날개가
새파란 하늘의 물을 튕기는구나

그러나 잊지 말렴!

네가 오래 앉아 쉬다가
한순간, 박차고 날아오른 나뭇가지는
여전히 출렁이고 있음을

눈부시게 반짝이는 날개로
지금 넌 하늘을 휘젓고 있지만
미처 날개를 펴기 전에는
가녀린 발을 오그려 나무의 잔가지를
한껏 움켜쥐고 있었지

네가 마악 퉁겨 오르려 할 때

가늣한 그 나뭇가지는
가장 든든한 구름판이 되려는 안간힘으로
아찔하게 휘청거렸단다

맨 처음의 그 힘을
오래 잊지 말렴!

넌 멀리, 머얼리 날아가
한 개의 까만 점으로 가뭇 사라지고
네가 박차고 날아간 나뭇가지의
가는 떨림도, 이제야 비로소
고요히 멎는구나

제2부

엘리베이터에 혼자 탔을 때

노래하는 새들

새들이 날 수 있는 건
날개 때문이 아닌지도 몰라.
그래, 하늘 높이 날 수 있는 건
노래 때문일 거야.
날개가 그처럼 반짝이는 것도
노래의 힘찬 풀무질 때문이야.
즐거운 노래는 새들의 날개에
투명한 용수철을 달아 주지.
고 작은 부리에서 뿜어 나오는 노래는
새들이 하늘 높이 쏘아 올리는
소리의 분수야,
힘의 분수야.

4월 26일 저녁 7시 23분 11.1초

어둑어둑한 골목길을 지나는데
　　　누군가 내 이마를 슬쩍 딛고
　　머리를 한, 바, 퀴,
　　휘감더니
　　냉큼
　　　콧
　　　속
　　　으
　　로
기어들어 와서는
　　울퉁불퉁한 동굴을 통과하고
　　목구멍 아래로 미끄러져
우당탕퉁탕,
소리도 내지 않고
　　수만 개의 보송보송한 솜털로 된
　　　목구멍 계단을
　　딛고

내
　려
　　와
　　　서
　　　　는
0.1초 만에
가슴속까지 쳐들어왔어.
한순간,
내 숨을 콱. 멎게 한
수수꽃다리
향기

한 움큼!

아침 노래

저 푸르른
나무의 거울은
새의 노래
노래의 거울은
눈부신 햇살
햇살의 거울은
맑은 이슬
이슬의 거울은
파란 하늘
하늘의 거울은
동그래진
나의 눈

햇빛 샤워

여름 한낮
소나기처럼 쏟아붓는
쨍쨍한 햇빛으로
감나무는 샤워를 하네.

감나무 잎을 흠뻑 적신
눈부신 햇빛 방울들이
투두둑!
내 얼굴에도 떨어지네.

귀로 보는 바다

바닷가에 서면
지그시 눈을 감고
귀를 활짝 열어
바다를 보렴.

저어기, 흰 모래밭까지만
자꾸자꾸
밀려왔다 밀려가던 초록 바다가
눈을 감는 순간,
성큼
다
가
와

귓바퀴를 스치고
온몸을 어루만지고
몇 걸음 더 지나 네 뒤편까지

환하게 적시고 가는 걸
볼 수 있을 거야.

수북수북

길가에
가랑잎이 수북하다
가랑잎 바스락거리는 소리가
발밑에 수북하다
바스락바스락
소리가 무릎까지 수북하다
바스락바스락
소리가 귓속까지 수북하다
바스락바스락
소리가 온몸에 수북수북하다

후투티, 후투티야

호로록
날아오르지만 않았어도
난 네가
꽃인 줄로만 알았을 거다.

내 발소리에 놀란
너는
까마득한 나무 위로 날아가 앉아
두리번두리번
나의 일거수일투족을 살피지만

그럴 때마다
네 머리 위에 앉은
눈부시게 노란 꽃은 참 아찔하겠다.
자, 이제
나도 꼼짝 안 할 테니
두려워 말고 내 얘기 좀 들어 보렴!

옛날, 아주 먼 옛날에
어느 깊은 산골짜기에 노란
나리꽃 한 송이가 피어 있었지.

그늘진 골짜기에 핀 그 꽃은 새가 되고 싶었단다. 파란 하늘을
훨훨 나는 새가 되어 밝고 눈부신 세상을 구경하고 싶었지. 하
지만 그게 뭐 쉬운 일이었겠니? 나리꽃은 끝내 그 꿈을 이루
지 못한 채 져 버리고 말았어. 겨우내 알뿌리로 흙 속에 묻혀
있는 동안에도 그 꿈을 잊지 않은 나리는 이듬해에도 힘차게
새순을 밀어 올렸지. 그리고 눈부시게 노란 꽃을 다시 피웠어.
하지만 꽃이 또 질 때까지도 새가 되는 꿈은 이루지 못했어.
겨우내 흙 속에서 깊은 잠에 빠져서도 그 꿈을 꾸고, 다시 꽃
을 피우고, 꽃이 지고, 또다시 꽃을 피우고, 꽃이 지고…… 그
러는 동안 몇 해가 흘러갔단다. 아마도 나리가 꽃을 피울 수
있는 마지막 해였을 거야. 그해따라 나리꽃은 더욱더 눈부시
게 예쁜 모습이었지. 꽃이 가장 활짝 피어난 날이었어. 갑자기
나리꽃의 꽃잎에 물방울 몇 개가 뚝! 뚝! 떨어지더니 새 한 마

리가 나리꽃의 발치께로 곤두박질쳤단다. 아, 그 물방울은 피
였어. 사냥꾼의 총에 맞은 모양인지 새의 날개엔 피가 철철 흘
렀지. 나리꽃은 너무 무섭고 슬펐어. 자신의 간절한 꿈이 총
에 맞은 것처럼 가슴이 아팠어. 조금도 시들지 않은 채로, 가
장 예쁘고 눈부신 채로 고스란히 나리 꽃잎들은 하나씩 하나
씩 떨어져 내렸지. 눈물처럼 뚝, 뚝 떨어져 내려 죽어 가는 새
의 온몸을 감싸 안았지. 그리고 얼마나 지났을까…… 새벽녘
어스름 속에서 푸드덕! 새 한 마리가 날개치며 날아오르는 소
리가 들렸어. 나리꽃이 피어 있던 바로 그 자리에서 새는 푸른
하늘로 훨훨 날아올랐지.

너는
지금 네 머리 위에 활짝 핀 꽃이
무슨 꽃인 줄 아니?
꽃이었던 그 시절을 아직 기억하니?

후투티, 후투티야!

…없는

창문이 없는 집, 답답하지?
가로수가 없는 길, 허전하지?
바람이 불지 않는 언덕, 가고 싶지 않아.
아이들이 없는 놀이터, 심심하지?
열쇠를 잃은 자물쇠, 영영 잠만 잘 테지.
불이 나간 저녁, 깜깜하지.
별이 없는 밤하늘, 말도 안 돼!
그럼, 이건 어떻겠니?
−내가 없는 세상

깡통 차기

화가 날 때 빈 깡통을 뻥
차 보는 것은 얼마나 상쾌한 일이야.
발끝에 채인 깡통이 때굴때굴
신나게 굴러가면, 나도 모르게
스르르 화가 풀리곤 하니까.
그런데 오늘은 그렇지가 않았어.
친구들한테 따돌림받고 돌아오는 길
힘없이 툭, 차 본 깡통은 오히려
나를 더 울적하게 했어.
누가 돌멩이를 집어넣었을까?
때구루루 구를 때마다 딸그락거리는
소리, 그 소리가 내 마음속에서
더욱 크게 울리고 있었어.

엉뚱한 물음 하나

무심코 빗으로 머리를 빗다가
머리카락 한 올이 빠졌을 때, 결코
너는 앙앙 울어 대지는 않지?
그렇지만 어디 한번 생각해 보렴!
셀 수 없이 많은 머리카락들 중에
하나라도 슬퍼하지 않았을까?
빠진 머리카락 바로 옆에 사는
이웃 머리카락은 눈물 흘렸을까?
또 그 옆에 사는 머리카락은?
또또 그 옆옆에 사는 머리카락은?
그리고 그보다 멀리 떨어져 있어
서로 알지 못했던 머리카락들은?
그래, 그 사실을 알기나 했을까?
지구처럼 둥근 네 머리에 사는
수많은 머리카락 중에서 하나가
문득, 빠져 달아났을 때!

슬플 때

괜히 눈물만 찔끔거리지 말고
두 손을 활짝 펼쳐 보렴.
손가락마다 발그레한 얼굴들이 보이지?
열 손가락 끝에 있는 손톱들 말야.
색연필 따위는 필요없단다.
그냥 눈길로 어루만지듯 그 위에
눈·코·입을 그려 넣으렴.
그리고 찬찬히 들여다보렴.
그 얼굴들이 울상 짓고 있니?
그럼, 말끔히 지우고 다시 그리렴.
……아직도 찡그리고 있니?
또다시 그려 보렴.
이젠 어떠니? ……그래?
그럼, 지우고 다시 그리렴.
열 개의 얼굴이 모두
웃는 얼굴이 될 때까지, 그래
또다시 그리렴!

시간 여행

가끔, 아주 가끔
책상 위에 엎드리고 싶을 때가 있지

아무런 까닭 없이 맥이 풀릴 때
아무도 아는 척하고 싶지 않을 때
그냥 눈을 꼬옥 감아 버리고만 싶을 때

책상 위에 두 팔을 가지런히 포개고
그 위에 뜨거운 이마를 얹고
가만가만 숨을 고르노라면
친구들이 왁자지껄 떠드는 소리는
아득하게 멀어져 가고
깜깜한 어둠은 점점 더 깊어지지

날 그냥 내버려 두렴

잠들려는 것이 아니야

어떤 꿈을 꾸려는 것이 아니야
나만의 타임머신을 타고
어디 머나먼 곳을 잠깐 동안
다녀오려는 것뿐이야

그곳에서 나의 별을 찾으면
그 별이 문득, 환하게 빛나는 것처럼
나도 다시 반짝! 깨어날 거야

그림자에게

그래, 너 참 오랜만이구나!
고개를 떨구고 걷다 보니 무심결에
발끝에 밟히는 내 그림자.
눈인사를 하니 너는 몹시 반가운 듯
움찔, 놀라기까지 하는구나.
왜 그동안 너를 잊고 지냈을까?
너는 늘 내 곁에 있었을 텐데
나보다 한발 앞서 가거나
뒤꿈치에 꼭 붙어 다녔을 텐데
그만 까맣게 잊고 있었구나.
내가 기쁨에 들떠 있을 땐 너도
덩달아 우쭐거렸을 테지.
즐거울 땐 눈여겨본 적이 없는데
축 처진 어깨가 되고서야
비로소 너를 다시 만나는구나.
그래, 어서 기운을 내야지!
물끄러미 바라보는 나를 타이르듯
으쓱, 어깨를 추켜올리는구나.

발톱

아주 느릿느릿 지나가는
시간이 여기 있었구나
내가 까맣게 잊고 있는 사이
뭉기적뭉기적거리던 나의 게으른 시간들이
길어진 발톱 속에 집을 짓고
꾸역꾸역 까만 때로 모여 있었구나
고린내를 풍기며 고롱고롱
코를 골고 있었구나
하얀 비누 거품에 세수하고도 깨어나지 않던
게으른 녀석들이
−요놈들!
손톱깎이를 갖다 대니, 톡!
화들짝 소스라쳐
달아나는구나

엘리베이터에 혼자 탔을 때

언젠가
엘리베이터에 혼자 탔을 때
무심코 거울을 보았지.
그건 분명히 내 얼굴이었는데
거울에 비친 얼굴은 무척 낯설었어.

—넌 누구니?
거울 속 얼굴이 내게 물었지.
내가 대답할 틈도 없이 때마침, 딸랑!
벨이 울리고 문이 열려서
우린 그냥 헤어지고 말았지.
그러곤 꿈결인 듯 오래 잊고 있었어.

언젠가 또다시
엘리베이터에 혼자 탔을 때
문득 거울을 보았지.
샐쭉한 눈썹, 동그란 눈, 납작한 코,

뾰족한 아래턱– 그 얼굴은 분명히
나였는데 왠지 또 낯설었어.
그땐, 내가 먼저 물어보았지.
–넌 누구니?

그 뒤로는 가끔, 아주 가끔씩
엘리베이터에 혼자 탈 때면
거울 속의 나를 마주하곤 하지.
그러곤 오래오래 잊고 있다가
갑자기 떠오른 듯이
똑같은 말을 서로 묻곤 하지.

–넌 누구니?
–넌 누구니?

얼룩

내 눈길은 자꾸
그리로 간다.
엄마가 표백제로 싹싹 빨았다지만
여전히 흐릿하게 남은
티셔츠 소맷귀의
얼룩.

아무래도
내 마음속 한 귀퉁이에
그와 똑같은 얼룩이 있나 보다.
보이지 않는 그 얼룩이
자꾸
나를 붙들고 늘어지나 보다.

─애, 나 좀 봐! 나 좀 봐!

그래도 나는

내 마음속을 들여다보지 않고
자꾸
티셔츠 소맷귀만 물끄러미
바라본다.

얼룩.

발끝으로 보는 길

지하철역 통로로
앞을 못 보는 사람이 걸어갔다.

무심코
그 뒤를 따라가는데, 문득
발바닥에 밟히는
올록볼록한 블록, 블록,
블록들…….

눈을 감고
잠시,
걸음을 멈추었다가

다시 발길을 떼어 보니

캄캄한 발끝으로
희미한
길이 보였다.

이정표

왜 이런 이정표는 없나?

네 마음이 쉴 곳
앞으로 3km

초승달 하나에도

저녁에 엄마, 아빠와 함께
양재천가를 걷는데
아빠가 '저기, 저 초승달 좀 봐!'라고 한다.

플라타너스 나무 위 어둑한 하늘에
붓으로 스윽 그린 듯한 그 달을 보고
엄마가 '눈썹달'이라고 말한다.
그러자 문득 시골에 계신 할머니 얼굴이 떠오른다.
실눈을 뜨고 웃는 할머니 얼굴이 떠올라서
나는 '실눈달'이라고 말한다.
그러자 아빠가 '호미달'이라고 말하더니
아니 '낫달'이라고 고쳐 말한다.
아빠는 어렸을 적에 할머니를 도와 호미로 밭을 매고
낫으로 꼴도 베었다는 얘기를 한다.
그 얘기를 듣다가 나는 또
'손톱달'이라는 말이 떠오르지만
그냥 아무 말도 하지 않는다.

초승달 하나에도
보는 눈에 따라 참 많은 이름이 붙는다.
보는 마음에 따라
참 많은 일들이 떠오른다.

한 해를 산 자리에

지난가을
활활 타오르듯 피었던 칸나꽃은
지금 어디로 갔을까?
아침마다 내리는 은빛 서리의 서슬에 시들어
잎줄기만 누렇게 쓰러져 있네

그 아래 언 땅 깊숙이 따스한 흙 속에
한 해를 산 알뿌리는
또 얼마만큼 굵어져서 이 겨울을 나고 있을까?
새로운 한 해를 기다리고 있겠지
다시 활활 타오를 꽃의 가을을 위해
새로 움틀 봄을 기다리겠지

그 자리 앞에 쪼그리고 앉아 있으려니
불현듯 몸이 따뜻해 오네
내 가슴에도 알뿌리가 있는 듯 묵직해지네

모닥불을 쬐듯

슬며시 손을 내밀어 보네

제3부
우리 동네 전설

자벌레

한 자
한 자
나뭇가지를 재다가

멧비둘기처럼 눈을 반짝이며
내가 노려보니까

뚝,
멈추고는
공중에 엉덩이를 솟구친 채
단단한 나뭇가지처럼 위장을 하는
자벌레

후훗,
내 야구 모자를 벗어
기꺼이
네게 걸어 주마!

30센티미터 자를 산 까닭

가려운 등을 긁을 수 있지
손톱에 끼인 때도 파낼 수 있지
발뒤꿈치만 조금 들면
천장에 친 거미줄도 걷어 내지
귀찮은 파리를 쫓을 수 있지
피리 부는 흉내도 낼 수 있지
노래하며 손장단을 맞출 수 있지
얏! 얏! 신나는 칼싸움도 할 수 있지
바람에 날리지 않게 시험지를 꾹 눌러둘 수 있지
장롱 밑에 들어간 것도 꺼낼 수 있지
그래, 힘들었으니 좀 쉬라고
그냥 놔둘 수도 있지
야아, 이 좋은 생각이 이제야 떠오르다니!
얄밉게 구는 네 등짝을 힘껏
후려칠 수도 있잖아!
그리고 또 뭐가 있더라……
분명히 있을 텐데…… 뭐지?
뭐지…… 뭘까?

어른

내가 아주 어렸을 땐
키가 크기만 하면 다
어른인 줄 알았는데,
또 얼마 전까지만 해도
나이가 많으면 다
어른인 줄 알았는데,
지금은 이도 저도
다 아닌 것 같아.
어른? 어른?
아른아른.

도리질 엄마

난 지금부터
'안 돼'와 '그래'를 바꾸기로 했어.
그렇게 해서라도 늘
도리질만 치는 엄마한테
내가 옳다는 말을 듣고 싶어.
어라, 그런데 이걸 어쩐다지?
도리질치는 데 지쳤는지
엄마가 텔레비전 앞에서 졸고 있네.
끄덕끄덕 그래그래
그래그래
끄덕끄덕.

얼굴

부끄러우면
고개를 푹 숙이는데
너무 부끄러우면 아예
두 손으로 얼굴을 가리는데
왜 그럴까?
다른 곳은 옷으로 가려도
얼굴만은 늘 환히 드러내는데
정말 부끄러우면
가장 먼저
얼굴을 가리고 싶은 건
왜일까?

바퀴 달린 모자

바퀴 달린 모자, 본 적 있어?
참 우스울 테지, 떼굴떼굴
굴러다니는 모자라…… 히힛!
뿔 난 축구공은? 생각해 봐
얼마나 재미있겠어, 제멋대로
튀어 오르며 야단일 테니.
뚜껑 달린 운동화는 어때?
그게 신발이냐구? 휴지통으로나
쓰라구? 거, 좋은 생각이야!
방울 달린 연필도 있는데?
머리핀 꽂은 우산은?
레이스 달린 칫솔은?
이제 그만두라구? 그게 무슨
도깨비 같은 소리냐구? 그럼
마지막으로 이건 어때?
반바지 입은 선인장! 이건
우리 집에 정말 있는 거야.

그게 바로 나야! 나라구!
엄마가 나를 그 꼴로 만들었어.
너도 나와 다름없을걸.
그렇지? 속상하지? 답답하지?
얘, 우리 내일부턴 절대로
엄마가 시키는 대로 고분고분
학원에 가지는 말자.
그 대신, 운동장에서 만나
코피 터지도록 싸움이나 한판 하자!
어때? 너랑 나랑, 뿔 난
축구공이랑 뚜껑 달린 운동화랑,
머리핀 꽂은 우산이랑
바퀴 달린 모자랑

별똥

사람들은 참 이상도 하지.
하늘을 우러러보며 아름답다, 아름답다
할 땐 언제고, 어쩌다
별들이 빛을 잃으며 떨어지기라도 하면
이젠 별 볼 일 없다는 듯
'똥'이라고 부르니.
별아, 떨어지지 말거라.
사람들이 사는 이 땅엔
떨어지지 말거라.

리모컨

오늘 저녁, 우리 아빠는
텔레비전 시사 토론을 한참 보다가
"저 사람 순 거짓말만 하잖아!"
라고 외치더니 리모컨을 들고는
전원 버튼을
꾹, 눌러 꺼 버렸어.

그래,
나도 그러고 싶을 때가 있어.
누군가 내게
듣기 싫은 소리를 자꾸자꾸 할 때
그 사람 입을 향해 리모컨을 치켜들고
전원 버튼을
꾹, 누르고 싶을 때가 있어.

우리 동네 전설

우리 동네엔 한때 '개조심 씨'가 살았다고 한다.
엄마가 얘기해 준 전설에 따르면
그 집 문 앞에 서서 "개조심 씨! 개조심 씨!" 하고
목청껏 부르니까 느닷없이 "으르렁 컹컹! 컹컹컹!" 하고
검둥이 개 한 마리가 달려 나와 반기는 바람에
노랑머리 선교사는 걸음아 나 살려라, 십 리 밖으로 달아났대나.
'개조심 씨'는 이 집 저 집 옮겨 다니며 살았다는데
요즘은 어디 사는지 좀처럼 문패를 찾을 수가 없다.
그 대신 '신' 씬지 '신문' 씬지 하는 성을 가진 누군가가
제 이름을 써서 이 집 저 집 대문에 붙인 걸 심심찮게 본다.
'신문사절', '신문절대사절' ─대개는 이렇게 두 가지 이름이지만
때로는 '신문절대넣지마시오' ─이렇게 긴 이름도 있다.
하지만 뭐니 뭐니 해도 요즈음 우리 동네에
가장 많이 사는 사람은 '주차금지 씨'이다.
이 사람이 누군지 얼굴을 한 번도 본 적은 없지만
대문짝만 한 문패를 아무 데나 거는 참 이상한 사람이다.
대문 앞이건 담벼락 앞이건 쓰레기통 옆이건

가리지 않고 골목마다 제 이름을 내세우는 이 사람이
어느 집에 사는지 정말 궁금하다.
아무리 땅 투기가 심한 세상이라지만 제멋대로
골목을 차지하며, 이마를 맞대고 사는 이웃들을 서로
눈 흘기게 만드는 이 사람을 얼른 찾아내야겠다.
그 옛날 코쟁이 선교사가 '개조심 씨'를 부르던 것처럼
"주차금지 씨! 주차금지 씨!" 하고 목청껏 부르면
"우르릉 땅땅! 우르르릉 땅땅땅!" 하며 달려나와
나를 반기려나. 그래서, 그래서 또 하나의 전설로 남아
길이길이 후세에 전해지려나.

유령들의 회의

어젯밤에, 캄캄한 한밤중에, 드문드문 가로등만 깨어 있는 새벽 두 시에, 형체도 없고 발자국 소리도 나지 않는 유령들이 모여 회의를 했대. 우리 아파트 놀이터 옆, 며칠 전 불이 나간 가로등 옆, 후미진 벤치에 모여 앉아 수군수군 회의를 했대. 맨 먼저 거기에 도착한 유령은 그 회의를 소집한 '기대지 씨'였대. 우리 아파트 3, 4라인 엘리베이터 문에 붙어사는 기대지 씨였대. 기대지 씨가 엘리베이터에서 내리자 잠깐! 하고 외치며 따라나선 유령은 바로 그 옆에 사는 '손대지 씨'였대. 기대지 씨와 손대지 씨가 벤치에 앉자마자 아파트 앞 화단 대추나무에 사는 '나무를꺾지 씨'가 손마디를 뚝뚝 꺾어 대며 도착했대. 그러곤 저쪽 잔디밭 어둠 속을 향해 소리쳤대. 어이, 자네는 뭘 그렇게 꾸물거리고 있나? 그러자 '잔디밭에들어가지 씨'가 마른 덤불을 풀풀 털어 내며 어슬렁어슬렁 걸어왔대. 숨을 씩씩거리며 마지막에 도착한 유령은 도대체 누구였을까? 바로 아파트 지하 주차장 어둑한 곳에서 달려온 '쓰레기를버리지 씨'였대. 그런데 이 쓰레기를버리지 씨 때문에 회의는 바로 끝나고 말았대. 회의고 뭐고 뭐가 필요해! 그냥 우리가 공용으로 쓰고 있는 이 지겨운 이름을 뚝, 떼어 버리면 되지. 그래그래, 자네 말이 맞아! 나무를꺾지 씨가 이번에는 손목을 우두두둑 꺾으며 맞장구를 쳤대. 그러자 기대지 씨와 손대지 씨와 잔디밭에들어가지 씨까지 두말 않고 맞장구를 쳤대. 그래그래, 그게 좋겠다! 그래그래, 그게 좋겠다! 그러곤 그 유령들은 자기 몸을 우지끈, 뿌지끈 분질러 그냥 내팽개쳤대. 여기 이 땅바닥에 흩어져 있는 이 팻말들이 바로 그 회의의 증거물들이래. 그 유령들이 분질러 버린 몸의 조각들이래. 마시오! 마시오! 마시오! 마시오! 마시오!

뉴질랜드에서 온 양의 이메일

—이건 어젯밤에 뉴질랜드의 항구도시 오클랜드에서 남쪽으로 55킬로미터쯤 떨어진
곳에 있다는 허드슨 씨 목장에 사는 양이 내게 보내온 이메일이야. 한번 읽어 볼래?

나 원 참, 기가 막혀서!
정말 그게 사실이니?
오늘 아침 라디오 스피커에서 흘러나오는
뉴스를 얼핏 듣다 보니, 너희 나라에서도
'농촌진흥청'인가 뭔가 하는 데서
소의 트림과 방귀를 정밀 조사할 계획이라며.
진짜 웃기는 일 아니니?
지구 온난화의 주범이 우리가 뀌는 방귀와
풀을 되새김질할 때 내뿜는 트림이라니,
이거야 말로 생트림…… 아니 생트집이 아니고
뭐겠니. 하긴 여기 뉴질랜드에서도
벌써 한참 전에 목장을 하는 사람들에게
정부에서 '방귀세'를 물리겠다고 발표했다가
온통 들고일어나는 바람에 슬쩍, 꼬리를
내리고 만 적이 있긴 했지만 말이야.
그땐 정말 다들 얼마나 황당했던지
농민들뿐 아니라 우리 양과 소들도 단체로

뽕뽕뽕뽕~ 스트레스성 방귀가 끝없이 나오는 바람에
그만, 공기가 훨씬 혼탁해지고 말았다지 뭐니.
정부에서 나온 연구원들이 느닷없이
우리들 엉덩이마다 자루를 덮어씌우길래
양 팔자에 무슨 호사를 누리나 했더니만, 글쎄
우리 방귀에 메탄가스가 얼마나 들었나
조사한 거였다네. 아마 거기 한국에서도
여기에서 배워 간 방법으로 똑같이
순한 소들의 엉덩이, 아니 정확히 말하면
똥꼬를 조사하려 들 거야. 도대체 사람들은
왜 남부끄러운 줄 모르는 거니?
자기들 똥꼬가 몇 개인 줄도 모르고
왜 남의 똥꼬까지 간섭하려 드는 거니?
자기들 엉덩이에 있는 똥꼬 말고도
자동차 배기통에, 비행기 배기통에, 공장 굴뚝에,
집집마다 보일러 연통까지 죄다
욕심 많은 자기들 똥꼬나 마찬가지인 걸

모르잖니. 오, 이런! 자꾸 똥꼬 얘기를 늘어놓자니
내 입까지 지저분해지는 것 같아서
이만 줄인다. 쩝!

벌레 먹은 자리

가끔 난
그게 궁금해.

–야, 벌레 먹은 자리다! 하고, 사람들이 앞다투어 구멍이
숭숭 뚫린 야채를 집어 든 채 눈을 동그랗게 뜨고는 탄성을
지르며, 그 자리가 우리 생명을 살리는 숨구멍이라는 것을, 이
지구별의 위대한 숨구멍이라는 그 사실을 뒤늦게 발견한, 바
로 그날

그 순간이
언제였는지.

비룡폭포의 다람쥐

설악산 비룡폭포에 가서
다람쥐 두 마리를 만났다.
한 녀석은 사람들 눈치를 보며
좀처럼 가까이 오려 하지 않는데
또 한 녀석은 쪼르르 달려오더니
바위 위에 누군가 알알이 떼어 놓은
삶은 옥수수 알들을 냉큼 집어 먹었다.
녀석은 한 알도 삼킬 생각은 않고
볼이 미어터져라 자꾸 집어넣기만 하는데
마치 입안이 작은 음식 창고 같았다.
그 모습이 귀엽기도 하고 우습기도 하여
한참을 바라보는데, 우르르 모여든
사람들에게 간식이나 얻어먹으며
재미난 구경거리가 되어 주는 요 녀석이 문득,
텔레비전에 출연한 개그맨처럼 보였다.
비룡폭포로 올라오는 길에 보니
산등성이에 떡갈나무도 참 많던데

요 녀석 눈에는 도토리가 안 보이는 걸까?
아니면, 설탕물로 삶은 다디단 옥수수 맛에
길들어 그만 입맛을 잃고 만 걸까?
이러다가 이가 다 썩어 버리면 정말 어쩌지?
그런 생각을 하자니 한편으론 딱하기도 하고
또 한편으론 얄밉기도 해서
—요 녀석아, 사람 무서운 줄 알아야지!
하며 발을 탕 구르니, 그 서슬에 놀란
녀석은 냅다 줄행랑을 치고 말았다.
멀찌감치 떨어져서 눈치만 보던 다른 녀석도
덩달아 줄행랑을 치는데, 때마침 후드득
도토리 한 알이 떨어져
내 발치께로 떽떼굴 굴러 왔다.

지구는 코가 없다

부릉부릉부릉
쉴 새 없이 방귀를 뀌어 대는
자동차를 몰고서 사람들이 꾸역꾸역 몰려들었대.
병들어 가는 지구를 살려야 한다고
한결같이 목소리를 높이는 그들이 모인 곳은
바로 세계환경회의장이었대.
이러쿵저러쿵 벌써 일주일째 입방아만 찧어 대던
사람들이 뿡!
누군가 뀐 방귀 한 방에
야, 독가스다! 외치며
코를 싸쥐고 호들갑스럽게 손사래를 치고 의심의
눈초리로 옆사람을 째려보고 창문을 열고 환풍기를
돌리고 산소마스크를 달라고 고래고래 고함을
지르며 야단법석을 떨었지만
얼마나 오래 썩은 방귀인지 그 냄새가
쉬이 가시지 않더래. 그래서 그만
'지구는 코가 없다'라는 제목에

그러니 '불쌍한 지구를 살리자'는 내용을 덧붙인
선언문을 잽싸게 채택하고는 또
부릉부릉부릉 쉴 새 없이 방귀를 뀌어 대는
자동차를 몰고서 집으로 돌아갔대.
아, 그런데 지구는 정말 코가 없는 게 아니라
환풍기가 없대. 활짝 열어 놓을
창문이 하나도 없대.

만약에 물고기가

만약에 물고기가 이 세상을 지배하게 된다면
세상은 온통 물바다가 되고 말 거야.
─하하하, 허파로 숨 쉬는 이상한 동물이야!
물에 빠져 꼬르륵꼬르륵 물을 삼키는 사람들을
놀려 대며 물고기들은 아가미를 뻐끔거리겠지.
그러고는 사람들에게 지느러미를 달라고 명령할 테지.
─나처럼 먹물을 뿜지 않는 녀석은 감옥에 가두겠다!
문어는 그 많은 다리를 흐늘거리며 겁을 줄 거야.
그러면 문어 다리를 즐겨 먹던 사람들조차도 벌벌 떨면서
억지로 문어 흉내를 내려고 애쓰겠지.
─멋진 사람쇼가 있어요. 잘 길들여진 사람들이 벌이는 사람쇼!
돌고래들은 우르르 몰려들어 구경할 거야.
사람들이 돌고래쇼를 보며 손뼉을 쳤듯이
돌고래 구경꾼들은 지느러미를 흔들어 대며 소리치겠지.
─야, 대단한 사람이군. 돌고래의 말을 다 알아듣다니!
부끄러움도 잊은 채 사람들은 돌고래들이 던져 주는 먹이를
서로 먼저 먹으려고 야단법석을 떨겠지.

그러다 보면 사람들은 점점 모습이 변할 거야.
어떤 사람은 등에 지느러미를 달고
또 어떤 사람은 허파 대신 아가미로 숨을 쉬고
그래, 문어처럼 먹물을 뿜을 줄 아는 사람도 생기겠지.
하지만 여전히 사람의 모습으로 남아 있는
사람들도 분명히 있을 거야.
그들은 어쩔 수 없이 꼴깍꼴깍 물을 들이키고
팔을 허우적대면서도 끝끝내 소리치겠지.
—야, 이 못된 물고기들아 물러가거라!
우리는 사람이다! 우리는 살아 있다!

의자

푸짐한 엉덩이가 한참 뭉그적거리다가 떠난 뒤,
또다른 엉덩이가 오기를 기다리기가
너무 심심해서 의자는
하품이 났어.
다리를 꼬고 앉아 봐야겠어!
그러다가 관절이 너무 뻣뻣해서 그만
오른쪽 앞다리가 우지끈
부러지고 말았지.
세 다리로 어정쩡하게 기우뚱거리고 있느니
차라리 하나를 더 부러뜨리자!
의자는 마침내 두 다리로
뚜벅
　　뚜벅
　걷기
　　　시작
　　했어.

문을

박차고 나가 복도를 지나고 계단을 내려가 12차선 도로를 무
단 횡단한 뒤 전봇대에 기어오르고 전깃줄을 타고 달리다가
삐끗해서 깨진 된장 독을 밟고 지붕 위로 건너뛰어 교회 십자
가 꼭대기 피뢰침을 딛고는, 훌~쩍!

세상 한복판으로

갔어.

거기에서

의자는 아무도 기다리지 않는

그냥 의자가 되었어.

제4부

어린 왕자에게

골목에 울리는 네 발소리

자박,

　　자박,

　　　　자박,

네가 찍은 발자국마다
눈부신 햇살 가득 고였겠다.
발소리는 사뿐, 날아와 내 귓가에
환한 꽃으로 피어나고
내 마음속으로 떼 지어 날아드는
팬지 꽃잎 같은 나비 나비들……

　　　　팔랑,

　　팔랑,

팔랑,

네가 온다면

마침내
네가 온다면
문을 닫고 기다려야지.
열려 있던 문조차 꼭꼭 걸어 잠그고
창문 가득 커튼을 드리우고
방 안에 앉아 눈을 감고 기다려야지.
귀만 환하게 열어 놓고 기다려야지.
문득, 네 발소리가 골목에 울리면
그저 지나가는 발소리려니
시치미를 떼어야지.
초인종이 급히 울려도
못 들은 척해야지.
귀머거리인 양 오래오래
저 혼자 울도록 내버려 두어야지.
그러다가 네가 무척 화가 나서
문을 쿵쾅쿵쾅 두드리면
문가로 슬그머니 다가가야지.

숨소리조차 죽이고 좀 더 기다리면
굳게 잠겨 있던 문이 시나브로
투명해져서 그 너머로
환히 네 모습이 보이고 말겠지.
애타는 네 마음이 발길을
돌리려는 것이 보이겠지.
네가 마악 돌아서려 할 때, 비로소
활짝 문을 열어젖혀야지.
-아, 너였구나!

넌 바보다

씹던 껌을 아무 데나 퉤, 뱉지 못하고
종이에 싸서 쓰레기통으로 달려가는
너는 참 바보다.
개구멍으로 쏙 빠져나가면 금방일 것을
비잉 돌아 교문으로 다니는
너는 참 바보다.
얼굴에 검댕칠을 한 연탄장수 아저씨한테
쓸데없이 꾸벅, 인사하는
너는 참 바보다.
호랑이 선생님이 전근 가신다고
아무도 흘리지 않는 눈물을 혼자 찔끔거리는
너는 참 바보다.
그까짓 게 뭐 그리 대단하다고
민들레 앞에 쪼그리고 앉아 한참 바라보는
너는 참 바보다.
내가 아무리 거짓으로 허풍을 떨어도
눈을 동그랗게 뜨고 머리를 끄덕여 주는

너는 참 바보다.
바보라고 불러도 화내지 않고
씨익 웃어 버리고 마는 너는
정말 정말 바보다.

−그럼 난 뭐냐?
그런 네가 좋아서 그림자처럼
네 뒤를 졸졸 따라다니는
나는?

꽃에게

너에게
가까이 다가가
가만히 숨을 들이쉬면
짧은 들숨 끝에
묻어 스미는
싸한 향기

내가
들숨을 마시기 바로 전에
내쉰 날숨이
바로 그때, 네가 내쉰
날숨과 만나
무슨 말을 나누었을까?

내가 네 날숨을
네가 내 날숨을
서로 들숨으로 들이쉴 때

너와 나의 가슴에
오롯이 새겨지는
향기의 무늬, 화안한
그 무늬

발뒤꿈치

짐짓 모르는 척
몇 발짝 앞서가는 너를 조심
조심 따라가다 보면
야, 발뒤꿈치가 예쁘구나!
그동안 내가 눈여겨본 것은
겨우 네 얼굴이거나
앞에 내민 손뿐이었는지 몰라.
너랑 마주 볼 때
머얼리 뒤쪽에 숨어
바닥에 마냥 웅크리고만 있었을
발뒤꿈치, 고것이
내 눈길을 꼭 붙잡는구나.
또박또박 발소리를 떨구어 내며
내 마음에 문득,
환한 꽃을 피우는구나.

의자

공원 매점 앞에 서서
너를 기다리는데
저 앞에 빛바랜 파란색 의자 하나가
가만히 앉아 있다.

누구를 기다리다 지쳤는지
제 그림자를 물끄러미 바라보며
앉아 있는데
그 그림자도 의자를 닮아
누군가를 기다리는 모습이다.

그래, 나도 저 의자처럼
누군가를 기다려 본 적이 있지.
내 그림자를 깔고 앉아
오래오래 기다려 본 적이 있지.

의자가 물끄러미 나를 본다.
내 그림자를 본다.

연못가에서

돌을 던질 때마다
이는
잔물결이

즐거워
즐거워
웃는 것인 줄만 알았는데

친구야, 너 떠나간 뒤
이제야
깨달았다.

네 웃음 뒤에
숨겨지던
슬픔의 사금파리처럼

파르르

떨리는 아픔 보이지 않게

애써

지우려는 것임을……

너를 본다

지금
너는 내 앞에 없고
나는 너를 본다
담장 너머 환한 라일락꽃들 사이에서
너를 본다, 유리창에 비친 새털구름 속에서
이제 막 새가 박차고 날아간
나뭇가지의 가는 떨림에서
너를 본다, 바람에 흩날리는
낯선 사람의 머리칼에서
모르는 채 풀어진 운동화 끈에서
갑자기 발걸음을 멈추게 하는
붉은 신호등에서
불현듯, 너를 본다
지금 내 앞에 없는 너를
내 눈에 들어오는
모든 것들 속에서 본다
수없이 많은 너를
본다

아무도

누가 나를 쫓아오는 것일까?
문득, 뒤돌아보면 검은 내 그림자뿐,
……아무도 없네.
누가 내 머리를 툭, 건드렸지?
흠칫 놀라 두리번거리면…… 아무도
없네, 덩굴장미를 흔들고 지나는 바람뿐.
누가 내 이름을 불렀을까?
얼결에 응! 소리 내어 대답하면
갑자기 내 둘레는 더욱 고요해지고
아무도 없네…… 언뜻, 눈에 들어오는
삐뚤빼뚤한 담벼락의 낙서들뿐.
아무도…… 안 보이네.
……아무도.

한 그루 나무같이

나는 나무를 좋아하지.
그중에서도 은행나무를 좋아하지.
그래서 공원 한 귀퉁이에 있는
아담한 키의 은행나무를 종종 찾아가지.
그 나무는 내가 껴안기에 꼭 알맞고
키가 너무 크지도 않아 꼭대기를 보려면
고개를 조금 쳐들기만 하면 되지.
새잎이 나면 그것은 꼭 나를
반겨 맞는 손 같고, 단정한 가지들은
나를 안아 주는 팔 같고
밑둥에 등을 기대고 앉으면 누군가의
든든한 어깨처럼 편안하지.
그 나무 아래에서 보는 하늘은
더욱 눈부시고, 그 나무의 품에서
맞는 바람은 한없이 부드럽고
그 나무가 드리우는 그늘은
서늘하고도 아늑하지.

그러나 언제나 시간이 지나면
나는 그 곁을 혼자 떠나와야 하고
그 나무도 혼자 남게 되지.
집에 돌아와서도 나는 오래오래
그 나무의 수런거림을 듣지.
내 발끝에서 머리끝까지, 마음의
꼭대기에서 밑바닥까지 가득 차 흔들리는
한 그루의 나무를 느끼지.

먼 별

너는
그토록 멀리 있는데
네 눈빛은 이리도
가깝구나

별아

네게
내 맘
다
줄게

내게
네 빛
다
줄래

별을 보려거든

별을 보려거든
한밤중에 나오너라.
네 별을 찾으려거든
캄캄한 어둠 속으로 들어가거라.
네 마음에 짚이는 바 있거든
오오래 쳐다보아라.
네 별이 반짝이기를 바라거든
자꾸 눈을 깜박거려라.
네 안 깊숙이 담긴 빛을 퍼 올려 모두
그 별에게 주어라.
눈부신 별을 끝내 간직하려거든
머뭇거리지 말아라.
한순간
눈을 꼬옥 감아 버려라.

어린 왕자에게

넌 알고 있지?

혼자 흘린 눈물 한 방울조차
그냥 스러지는 법이
없다는 것을

바람의 끝에 묻어간
그 눈물이

언젠가
어느 먼 별에 이르러
아침 햇살이 입 맞추는
한 꽃송이 위에

마알간 이슬로
맺힌다는 것을.

별에서 별까지

그저 눈길로 스쳐
건너갈 수 있을 만치 가까운 것은
결코 아닐 거야

한 별에서
또 다른 별까지

바로 곁에 있는 별끼리라도
얼마나 오래
마주 보아야
만날 수 있게 되는 걸까?

얼마나 많은 그리움으로 글썽거려야
얼마나 오랜 기다림으로 가물거려야

마침내, 더욱 환한
하나의 별이 되는 걸까?

이 밤,
더는 견디지 못하고
스러지는
저 별똥별 하나!

청소년을 위한 시선집을 엮으며

나는 가끔 오래전 옛일을 돌이켜 보는 습관이 있습니다. 문득 어느 기억의 끄트머리가 잡히면 실타래를 풀듯 슬슬 잡아당겨 보는 것이지요. 어쩌다 어두운 기억이 떠오르면 엉킨 실타래를 만난 듯 멈칫거리기도 하지만, 좀 더 환하고 눈부신 볕쪽으로 그 실타래를 얼른 옮겨 놓곤 하지요. 그토록 숱한 일을 겪고도 내가 기억하는 것은 그다지 많지 않습니다. 다만 깡그리 잊어 먹었다고 여겼던 소소한 일들이 불현듯 되살아나는 것이 때로는 스스로 기특하고도 즐거운 것이지요. 요즈음엔 부쩍 청소년기의 추억을 많이 떠올리곤 합니다. 아마도 음원 사이트의 스트리밍 서비스에 접속하여 그즈음에 듣던 음악을 즐겨 듣다 보니 여러 기억들이 저절로 되살아나나 봅니다.

그럭저럭 모범생 축에 끼었던 나는 별 탈 없이 하루하루 살았지만 어둑한 구석에 많이 웅크려 있는 아이였습니다. 겉으로 보기엔 고요했지만 내면엔 불안과 좌절, 불만과 반항 같은 것들이 뒤섞여 들끓고 있었지요. 그나마 내 마음을 다독여 준 것은 라디오에서 흘러나오던 팝송들과 가끔씩 펼쳐 보던 시집 몇 권과 해외 펜팔 친구에게 영어 편지를 끼적거리던 일이었지요. 그리고 그러한 공통 관심사를 화제 삼아 맘껏 떠들 수 있는 친구 두엇이 늘 곁에 있었습니다. 또 한 가지가 있었네요. 나 혼자 이런저런 생각을 메모하던 비밀 일기장 같은 노트 한 권을 지니고 있었습니다.

물론 나와는 무척 다른 친구들도 많았습니다. 수시로 야간 자율학습을 빼먹고 전자오락실로 달려가거나, 극장이 있는 번화가로 나가 연애질에 열을 올리거나, 틈만 나면 아무 데서나 투덕거리며 쌈질을 일삼는 녀석들이었지요. 서로 딴판인 친구들이 엇비슷한 모습을 확인할 수 있는 것은 주로 체육 시간과 점심시간이었습니다. 축구공이나 농구공을 놓고 땀을 뻘뻘 흘리며 필사적으로 몸싸움을 하고, 간식을 먼저 확보하려고 매점 아줌마를 향해 치켜든 지폐를 깃발처럼 펄럭이며 애걸복걸했지요. 그리고 그들이 모두 공부를 하겠다고 마침내 책상에 앉아 일제히 연습장을 꺼내면 거기, 투명한 비닐로 싸인 표

지엔 인기 절정의 여배우 사진이 활짝 웃고 있거나 시 한 편이 고운 그림 위에 사뿐 올라앉아 있었습니다.

이러한 일들을 여태껏 나만 기억하고 있는 건 아니겠지요. 이번에 청소년을 위한 시집 『별에서 별까지』를 묶으면서 나는 나만의 것이 아닌 몇몇 추억을 떠올리며 잠시 즐거워했습니다. 이 시들이 그즈음의 내 체험과 정서를 상당히 반영한 것이기도 하거니와 세대가 바뀌었지만 요즈음 청소년들과도 통하는 면이 좀 있으리라 여겨졌기 때문입니다. 이 시집엔 청소년들에게 읽히겠노라고 작정하고 쓴 시는 단 한 편도 없습니다. 다만 나는 아이든 어른이든 누구나 읽을 수 있는 시들을 지난 30여 년간 꾸준히 써 왔으므로, 그중엔 청소년들이 공감할 만한 시들도 꽤 있다는 생각에 골라 엮게 된 것입니다.

이 시선집에 실린 시들 중 몇 편이라도 부디 여러분 마음 가까이 다가가게 되기를 바랍니다. 그리하여 오랜 추억의 실타래 속 한 올로 설핏 섞여 들기를 기대합니다.

2016년 초봄에
신형건

신 형 건

1965년 경기도 화성에서 태어나 경희대학교 치의학과를 졸업했으며, 1984년 '새벗 문학상'에 동시가 당선되어 작품 활동을 시작했다. 대한민국문학상·한국어린이도 서상·서덕출문학상·윤석중문학상 등을 수상했으며, 초등학교와 중학교 〈국어〉 교과서에 「거인들이 사는 나라」, 「넌 바보다」 등 여러 편의 시가 실렸다. 지은 책으로 동시집 「거인들이 사는 나라」, 「바퀴 달린 모자」, 「입김」, 「배꼽」, 「엉덩이가 들썩 들썩」, 「콜라 마시는 북극곰」, 「여행」, 비평집 「동화책을 먹는 치과의사」 등이 있다. 현재 아동청소년문학 전문 출판사 (주)푸른책들의 발행인으로 일하고 있다.

푸른도서관

푸른도서관은 '10대에서 20대까지' 눈부신 성장을 거듭하는
'푸른 세대'를 위한 본격 문학 시리즈입니다.
이금이 작가의 대표작인 『유진과 유진』을 비롯하여
푸른문학상 수상작 『똥통에 살으리랏다』, 『스키니진 길들이기』 등
당대 청소년들의 현실을 생생하게 반영한 성장소설과
『화랑 바도루』, 『에네껜 아이들』 등 다양한 시대상을 반영한 역사소설,
청소년시집 『악어에게 물린 날』, 『그래도 괜찮아』
그리고 흥미진진한 판타지에 이르기까지
국내 작가들이 공들여 창작한 감동적인 작품들을
푸른도서관에서 더 만나 보세요!

1. 뢰제의 나라 강숙인 지음

교통사고로 가사 상태에 빠진 열두 살 소년이 저승사자의 손에 이끌려 저승인 '뢰제의 나라'를 여행하면서 벌어지는 모험담을 담은 판타지소설.

★ 윤석중문학상 수상작 ★ 동화읽는가족 추천도서

2. 아버지가 없는 나라로 가고 싶다 이규희 지음

아픈 결핍의 가족사를 벗어던지고 마침내 더 너른 세상을 향해 나아가는 소녀를 통해 성장의 의미를 곰곰이 곱씹게 해 주는 가슴 뭉클한 성장소설.

★ 세종아동문학상 수상작가

3. 까망머리 주디 손연자 지음

좋아하는 남학생에게 외모에 대한 조롱 섞인 말을 듣고, 입양아인 자신이 미국 사회의 이방인이라는 사실을 깨닫는 사춘기 소녀 주디가 정체성을 찾아가는 이야기.

★ 책따세 추천도서 ★ 학교도서관사서협의회 추천도서 ★ 부산광역시교육청 독서인증제 권장도서

4. 이삐 언니 강정님 지음

일제 강점기 말과 해방 공간을 시간적 배경으로 밤나무정 마을에 사는 '복이'라는 여자아이의 삶의 비밀을 하나하나 알아가는 과정을 그린 아름다운 연작소설집.

★ 서울시교육청 교과별 권장도서 ★ 한우리독서토론논술 필독도서 ★ 한국아동문예상 수상작

5. 너도 하늘말나리야 이금이 지음

미르와 소희, 바우는 각자의 상처를 속으로 감추고 괴로워하다 서로를 알아본다. 서로의 상처를 보듬어 주는 순간, 상처에는 새살이 돋고 아이들은 비로소 성장하게 된다.

★ 중학교 〈국어〉 교과서 수록 ★ 책따세 추천도서 ★〈중앙일보〉 좋은책 100선 선정도서

6. 내 이름엔 별이 있다 박윤규 지음

1970년대라는 한국 사회의 정치적·사회적 격동기를 배경으로 성장해 나가는 사춘기 소년의 삶을 통해 2000년대의 우리가 잊고 지냈던 '꿈'과 '희망'을 다시 한 번 환기시켜 준다.

★ 서울시립어린이도서관 추천도서

7. 토끼의 눈 강정규 지음

한국 전쟁을 배경으로 한 세 편의 이야기를 엮은 소설집. 작품 속에 총소리나 죽음은 등장하지 않지만, 천진한 아이들의 눈으로 바라본 전쟁이 숨이 막힐 듯 가깝게 다가온다.

★ 세종아동문학상 수상작 ★ 아침독서 청소년 추천도서

8. 화랑 바도루 강숙인 지음

부모님을 일찍 여읜 바도루가 김충현 장군 밑에서 생활하며 그의 자제인 경천과 함께 피나는 노력과 뜨거운 우정을 나누며 꿈에 그리던 화랑이 되는 이야기를 그린 본격 역사소설.

★ 동화읽는가족 추천도서

9. 유진과 유진 이금이 지음

어린 시절 함께 성추행을 당한 동명이인 '유진과 유진'의 각각 다른 성장 과정을 통해 청소년의 심리를 아주 세밀하게 보여 주는 이금이 작가의 청소년소설.

★ 책따세 추천도서 ★ 어린이도서연구회 청소년 권장도서 ★ 학교도서관저널 선정 성장소설 50선

10. 마사코의 질문 손연자 지음

일본인 소녀의 입으로 일본인의 죄를 묻는 이야기. 일제 강점기에 우리 민족이 겪은 온갖 수난을 생생하고 절실하게 그려 낸 9편의 작품이 실려 있다.

★ 세종아동문학상 수상작   ★ SBS 어린이미디어대상 수상작   ★ 한우리독서토론논술 필독도서

11. 아, 호동 왕자 강숙인 지음

비극적 사랑의 대명사 호동 왕자와 낙랑 공주, 그들이 정말 사랑하는 사이였는가에 대한 의문으로 시작된 역사소설. 우리가 알고 있던 이야기를 뒤집어 전혀 새로운 시각을 제시한다.

★ 한우리독서토론논술 필독도서   ★ 서울독서교육연구회 추천도서   ★ 책읽는교육사회실천협의회 추천도서

12. 길 위의 책 강 미 지음

'책'을 통해 자연스럽게 자신의 고민과 방황을 해결하고 상처를 치유해 나가는 여고생들의 이야기를 잔잔하게 그렸다. 청소년들을 위한 성장소설들이 '책 속의 책'으로 가득 담겨 있다.

★ 제3회 푸른문학상 수상작   ★ 책따세 추천도서   ★ 문화체육관광부 우수교양도서

13. 느티는 아프다 이용포 지음

'지금 여기'의 '가장 낮은 곳'을 이야기하는 성장소설. 독자들에게 이웃을 바라보는 시선을 바꾸고 존재의 소중함을 돌아볼 수 있는 시간을 마련해 준다.

★ 한국문화예술위원회 우수문학도서   ★ 평화박물관 선정 청소년 평화책

14. 발끝으로 서다 임정진 지음

베스트셀러 『행복은 성적순이 아니잖아요』의 임정진 작가가 펴낸 청소년소설. 낯선 땅으로 홀로 유학을 떠난 주인공을 통해 조기 유학생활의 어려움과 외로움을 절절하게 그렸다.

★ 책따세 추천도서

15. 마지막 왕자 강숙인 지음

역사의 그늘에 가려져 있던 인물이자 신라의 마지막 왕인 경순왕의 아들 마의태자를 주인공으로 한 역사소설로, 그의 새로운 영웅적 면모를 보여 준다.

★ 〈중앙일보〉 좋은책 100선 선정도서   ★ 어린이도서연구회 청소년 권장도서

16. 초원의 별 강숙인 지음

마의태자를 주인공으로 한 『마지막 왕자』의 후속작. 사라져 버린 나라를 그리워하던 주인공 새부가 광활한 만주 대륙에서 아버지의 꿈을 이루는 과정을 흥미진진하게 그리고 있다.

★ 동화읽는가족 추천도서

17. 주머니 속의 고래 이금이 지음

가슴속에 품고 있는 꿈을 찾기 위해 노력하는 열다섯 살 아이들에 대한 이야기이다. 저마다 꿈을 좇는 과정에서 실패와 좌절을 겪지만 다시 씩씩하게 일어나는 모습을 보여 준다.

★ 중학교 〈국어〉 교과서 수록   ★ 아침독서 청소년 추천도서   ★ 대한출판문화협회 올해의 청소년도서

18. 쥐를 잡자 임태희 지음

원치 않는 임신을 한 여고생의 이야기로 성에 대해 여전히 취약한 우리 청소년의 현실을 돌아보고 위험성을 인식하게 만든다. 동시에 대책 마련이 시급하다는 사실을 새삼 일깨운다.

★ 제4회 푸른문학상 수상작   ★ 아침독서 청소년 추천도서   ★ 어린이도서연구회 청소년 권장도서

19. 바람의 아이 한석청 지음

우리나라 아동청소년문학 최초로 발해를 소재로 한 장편역사소설. 고구려 멸망 뒤 옛 고구려 지역에 살던 이들의 비참한 삶과 나라를 되찾고자 하는 투쟁을 생생하게 그려 냈다.

★한우리독서토론논술 필독도서 ★책읽는교육사회실천협의회 추천도서

20. 베스트 프렌드 이경혜 외 지음

사춘기를 지나 성숙한 남녀로 성장하는 과정에 놓인 청소년들의 심리 변화를 섬세하게 그린 표제작을 비롯해 현실적인 청소년들의 한계와 모순을 그린 5편의 단편소설을 엮었다.

★어린이도서연구회 청소년 권장도서

21. 리남행 비행기 김현화 지음

봉수네 가족이 북한을 탈출해 리남행 비행기에 오르기까지의 여정이 긴장감 있게 그려져 있다. 온갖 역경 속에서도 인간애와 가족애를 잃지 않는 모습이 진한 감동을 선사한다.

★제5회 푸른문학상 수상작 ★책따세 추천도서 ★한국문화예술위원회 우수문학도서

22. 겨울, 블로그 강미 지음

자신만의 길을 찾아가는 청소년들이 종횡무진 활동하는 네 편의 작품을 담았다. 청소년들의 일상을 정확하고 섬세하게 묘사하여 그들이 나아갈 수 있는 길을 오롯이 보여 준다.

★문화체육관광부 우수교양도서 ★아침독서 청소년 추천도서 ★한국출판인회의 선정 이달의 책

23. 네가 하늘이다 이윤희 지음

1894년 동학 농민 운동을 배경으로 새로운 세상을 꿈꾸었지만 결국 이름조차 남기지 못하고 스러져 간 농민군의 이야기를 감동적으로 그려 낸 대하역사소설.

★아침독서 청소년 추천도서 ★한국어린이문화대상 수상작

24. 벼랑 이금이 지음

원조 교제, 첫 키스, 협박, 폭력……. 거친 현실의 이면에 감춰진 청소년들의 내면을 섬세하게 다루고 있는 이금이 작가의 연작청소년소설.

★한국문화예술위원회 우수문학도서 ★아침독서 청소년 추천도서 ★네이버 북리펀드 선정도서

25. 뚜깐뎐 이용포 지음

서기 2044년, 한국에서 영어 공용화 법안이 통과된 뒤 영어가 일상어로 자리를 잡은 때와 한글이 박해를 받던 연산군 시절을 오가며 현대인들에게 진지한 성찰의 기회를 제공한다.

★아침독서 청소년 추천도서 ★대한출판문화협회 올해의 청소년도서 ★〈중앙일보〉 선정 이달의 책

26. 천년별곡 박윤규 지음

천 년의 시간을 애증과 그리움으로 버틴 주목나무의 이야기를 절제된 감성으로 그린 작품. 시 형식을 차용한 소설인 '시소설'이란 신선한 장르에 애절한 정서를 잘 녹여 냈다.

★한우리가 선정한 좋은 책

27. 지귀, 선덕 여왕을 꿈꾸다 강숙인 지음

지귀 설화 속에 숨어 있는 선덕 여왕 이야기를 담은 역사소설. 지귀와 선덕 여왕, 김춘추와 김유신 등 시대의 격랑에 휘말린 이들의 삶과 사랑이 독자들의 가슴속에 파고든다.

★책따세 추천도서 ★네이버 북리펀드 선정도서 ★아침독서 청소년 추천도서

28. 청아 청아 예쁜 청아 강숙인 지음

〈심청전〉을 현대적으로 재해석한 소설. 새로운 시각의 심청과 서해 용왕 그리고 그의 아들을 등장시켜 '보이지 않는 사랑 이야기'를 통해 참다운 사랑의 의미를 되새기게 한다.

★ 한국출판인회의 선정 이달의 책 ★ 중앙독서교육 선정도서

29. 살리에르, 웃다 문부일 외 지음

'엄친아'와의 비교에 시달리며 자신을 '살리에르'라 믿는 청소년들에게 건네는 '꿈'에 관한 다섯 가지 이야기. 꿈을 향한 청소년들의 힘차고도 아름다운 몸부림이 담겼다.

★ 제6회 푸른문학상 수상작 ★ 아침독서 청소년 추천도서 ★ 학교도서관사서협의회 추천도서

30. 사라지지 않는 노래 배봉기 지음

세계적 미스터리의 하나인 이스터 섬 모아이 석상의 비밀을 소재로 인간의 파괴적 욕망과 그것을 극복했을 때 찾을 수 있는 평화를 보여 준다.

★ 문화체육관광부 우수교양도서 ★ 네이버 북리펀드 선정도서 ★ 국립어린이청소년도서관 추천도서

31. 김홍도, 조선을 그리다 박지숙 지음

김홍도의 그림을 통해 그의 삶을 다룬 연작으로, 작가 특유의 상상력과 깊이 있는 통찰력으로 '인간 김홍도'의 삶을 생생하게 되살려낸 본격 역사소설이다.

★ 문화체육관광부 우수교양도서 ★ 〈소년조선일보〉 추천도서 ★ 아침독서 청소년 추천도서

32. 새가 날아든다 강정규 지음

한국 전쟁을 직접 경험한 세대가 전쟁과 분단과 이산이라는 문제를 다른 시각에서 조명한 작품. 역사의 굴곡을 넘어 당대의 사람들이 더불어 살아가는 이야기를 일곱 편의 소설에 담았다.

★ 아침독서 청소년 추천도서

33. 에네껜 아이들 문영숙 지음

구한말 멕시코의 낯선 농장으로 이주한 조선 사람들이 노예처럼 일하며 온갖 고난과 수모를 당하지만 불굴의 의지로 희망의 새로운 터전을 마련한 내용을 담은 역사소설.

★ 책따세 추천도서 ★ 대한출판문화협회 올해의 청소년도서 ★ 아침독서 청소년 추천도서

34. 밤나무정의 기판이 강정님 지음

1950년대를 배경으로 소년 기판이의 각별하고도 애틋한 성장과 모험과 죽음을 다룬 이야기. 작가 특유의 입담과 사투리에 실린 당시의 일상과 풍속이 눈앞에 생생하게 되살아난다.

★ 한국문화예술위원회 우수문학도서 ★ 대한출판문화협회 올해의 청소년도서 ★ 아침독서 청소년 추천도서

35. 스쿠터 걸 이은 지음

질풍노도의 시기인 청소년기의 한복판에 서 있는 열다섯 살 중학생들을 본격적으로 등장시킴으로써 중학생들의 삶을 밀도 있게 그려 낸 청소년소설집.

★ 한국간행물윤리위원회 우수청소년저작 당선작 ★ 학교도서관저널 추천도서

36. 우리 반 인터넷 소설가 이금이 지음

거짓이 휘두르는 보이지 않는 폭력에 '진실'이 어떻게 왜곡되고 유배되는지를 청소년들의 생생한 세태 묘사와 치밀한 구성을 바탕으로 보여 준다.

★ 네이버 북리펀드 선정도서 ★ 학교도서관저널 추천도서 ★ 국립어린이청소년도서관 추천도서

37. 열네 살, 비밀과 거짓말 김진영 지음

습관적인 도둑질에 빠져들면서 비밀과 거짓말이 늘어나게 된 평범한 열네 살 소녀 하리가 다시 삶의 진실을 찾아가는 성장소설.

★ 한국간행물윤리위원회 청소년 권장도서   ★ 문화체육관광부 우수교양도서

38. 허황옥, 가야를 품다 김정 지음

먼 바다를 건너 가야로 온 인도 아유타국 공주 허황옥의 삶을 조명하면서, 철을 바탕으로 국제 무역의 중심지로 자리했던 가야의 역사를 생생히 전하는 역사소설이다.

★ 학교도서관저널 추천도서   ★ 대한출판문화협회 올해의 청소년도서

39. 외톨이 김인해 외 지음

요즘 청소년들의 왜곡된 삶과 고민을 가감 없이 보여 주며, 그들의 정서적 긴장감과 내면적 따뜻함을 동시에 그리고 있는 세 편의 단편소설이 실려 있다.

★ 제8회 푸른문학상 수상작   ★ 국립어린이청소년도서관 사서 추천도서   ★ 아침독서 청소년 추천도서

40. 그래도 괜찮아 안오일 지음

현실의 부정과 좌절에 길항하는 청소년들의 고민을 진정성 있게 담아낸 청소년시집. 청소년들이 지닌 '생기'를 유감없이 보여 주며 긍정과 희망의 메시지를 전한다.

★ 한국간행물윤리위원회 우수청소년저작 당선작   ★ 한국문화예술위원회 우수문학도서

41. 소희의 방 이금이 지음

이금이 작가의 대표작 『너도 하늘말나리야』의 후속작. 달밭마을을 떠나 재혼한 친엄마와 재회해 새 가족의 일원이 된 열다섯 소희의 욕망과 아픔을 다룬 성장소설이다.

★ 한국문화예술위원회 우수문학도서   ★ 한겨레·예스24 선정 청소년책 30선

42. 조생의 사랑 김현화 지음

조선시대를 배경으로 청년 '조생'이 청나라에 파견되는 연행사로 길을 떠나 사랑과 우정, 정의, 신념 등 삶의 진리를 깨달아가는 과정을 그린 청소년 역사소설.

★ 서울시교육청 남산도서관 사서 추천도서   ★ 〈아침햇살〉 선정 좋은 청소년책

43. 아버지, 나의 아버지 최유정 지음

위탁가정에 맡겨진 열여섯 살 연수가 자신의 친아버지를 찾아 떠나는 여정을 통해 진정한 자아 정체성을 확립해 가는 과정을 밀도 있게 그렸다.

★ 한국문화예술위원회 우수문학도서   ★ 〈아침햇살〉 선정 좋은 청소년책

44. 타임 가디언 백은영 지음

타임 슬립이라는 장치를 통해 개인과 사회에서 일어나는 현실의 문제들을 조명하는 본격 청소년 SF소설. 시공간을 뛰어넘는 구성과 예측할 수 없는 독특한 상상력을 맛볼 수 있다.

★ 〈아침햇살〉 선정 좋은 청소년책

45. 분청, 꿈을 빚다 신현수 지음

고려 최고의 사기장의 아들인 강뫼가 왜구 침입과 왕조의 변혁 등 극한 시대 상황 속에서 분청사기를 만들기까지의 과정을 흡인력 있게 그린 역사소설.

★ 대한출판문화협회 올해의 청소년도서   ★ 아침독서 청소년 추천도서

46. 방울새는 울지 않는다 박윤규 지음

5·18이라는 역사적 사건을 배경으로 그려지는 명창 소녀 '방울'과 고수 '민혁'의 안타까운 사랑 이야기. 슬픈 현대사를 정면으로 바라보고 올바르게 판단할 수 있는 용기를 준다.

★ 학교도서관저널 추천도서　★ 한국문화예술위원회 우수문학도서

47. 악어에게 물린 날 이장근 지음

현직 중학교 교사인 시인이 청소년과 함께 호흡하면서 체험한 담백하고 직설적인 언어가 공감을 불러온다. 청소년들 질풍노도가 마음껏 활개 칠 수 있도록 기운을 북돋는 청소년시집.

★ 책따세 추천도서　★ 대한출판문화협회 올해의 청소년도서　★ 어린이도서연구회 청소년 권장도서

48. 찢어, Jean 문부일 지음

아르바이트, 집단 따돌림 등 청소년들이 공감할 수 있는 일곱 편의 이야기가 담겼다. 현실에 갇혀 사는 청소년들의 일탈을 유쾌하면서도 진정성 있게 담았다.

★ 아침독서 청소년 추천도서　★ 한국문화예술위원회 우수문학도서

49. 불량한 주스 가게 유하순 외 지음

실수와 시행착오를 반복하다가 돌연 성장의 분기점을 지나는 청소년들의 '오늘'을 포착했다. 좌절과 반성의 언어조차 싱그러운 청소년들을 응원하게 만드는 네 편의 단편소설 모음.

★ 제9회 푸른문학상 수상작　★ 아침독서 청소년 추천도서　★ 네이버 북리펀드 선정도서

50. 신기루 이금이 지음

엄마와 엄마 친구들과 함께 몽골 사막 여행을 떠난 열다섯 다인이가 보낸 6일간의 여정을 통해 또 다른 생명의 고리로 순환되는 모녀 관계에 대한 고찰을 여행기 형식으로 그렸다.

★ 네이버 북리펀드 선정도서　★ 서울시립어린이도서관 추천도서　★ 아침독서 청소년 추천도서

51. 우리들의 매미 같은 여름 한 결 지음

섭식장애를 앓고 있는 모녀, 성추행, 보이콧 등 청소년들이 겪는 지독하게 뜨겁고 아픈 이야기가 담겨 있다. 청소년들이 자신 그리고 세상과 화해하는 여정을 솔직담백하게 그렸다.

★ 한국문화예술위원회 우수문학도서　★ 네이버 북리펀드 선정도서

52. 모래시계가 된 위안부 할머니 이규희 지음

일본군 위안부로 끌려가 꽃다운 처녀 시절을 유린당한 황금주 할머니의 실제 이야기를 김은비라는 소녀의 이야기와 엮어 액자 형식으로 쓴 소설로, 일본어로도 번역 출간되었다.

★ 국제펜문학상 수상작　★ 학교도서관저널 추천도서　★ 경기도교육청 추천도서

53. 까레이스키, 끝없는 방랑 문영숙 지음

소련의 강제 이주 정책으로 시베리아 횡단 열차를 탔던 17만여 명의 까레이스키들의 고난과 역경, 도전과 설움을 절절하게 그린 역사소설이다.

★ 한국문화예술위원회 우수문학도서　★ 아침독서 청소년 추천도서　★ 한우리가 선정한 좋은 책

54. 나는 랄라랜드로 간다 김영리 지음

기면증을 앓는 소년과 그의 가족이 게스트하우스를 사수하기 위해 펼치는 소동을 재기 발랄하게 그렸다. 절망 속에서도 웃으며 싸울 줄 아는 청춘의 싱그러운 맨얼굴이 돋보인다.

★ 제10회 푸른문학상 수상작　★ 아침독서 청소년 추천도서　★ 한국문화예술위원회 우수문학도서

55. 열다섯, 비밀의 방 장미 외 지음

영혼의 도플갱어를 찾아 헤매는 외로운 청소년의 자화상이 네 편의 단편소설 속에 어우러져
있다. 청소년들의 내면의 목소리들이 조화롭게 어우러져 다양한 빛깔의 공명음을 들려준다.
★ 제10회 푸른문학상 수상작 ★ 학교도서관사서협의회 추천도서

56. 눈썹 천주하 지음

암에 걸려 1년 4개월 동안 치료를 받던 열일곱 살 소녀가 일상으로 돌아온 뒤의 이야기를 담
고 있다. 가족과 친구, 일상이 얼마나 가치 있는 것인지를 새삼 깨우쳐 준다.
★ 국립어린이청소년도서관 사서 추천도서 ★ 한국문화예술위원회 우수문학도서 ★ 아침독서 추천도서

57. 나는 지금 꽃이다 이장근 지음

청소년들의 삶을 제대로 들여다보고 마음을 헤아리는 시 창작 과정을 통해 나온 본격적인 청
소년을 위한 시로, 삶이 점점 피폐해지고 있는 청소년들의 마음을 어루만져 준다.
★ 문화체육관광부 우수교양도서 ★ 어린이도서연구회 청소년 권장도서 ★ 학교도서관저널 추천도서

58. 우리들의 사춘기 김인해 지음

겉으로 잘 드러나지 않는 소년들의 감성을 날카롭게 포착하여 진솔하고 강렬하게 그려낸 '소
년들을 위한' 소설집. 표제작을 비롯한 여섯 편의 단편청소년소설을 담고 있다.
★ 국립어린이청소년도서관 사서 추천도서 ★ 한국문화예술위원회 우수문학도서

59. 여우 소녀 미랑 김자환 지음

조선시대 임진왜란 발발 즈음의 여수 지방을 배경으로, 구미호에게 아버지를 잃은 묘남과 구
미호의 딸 여우 소녀 미랑의 애틋한 사랑 이야기를 담고 있다.
★ 새벗문학상 수상작

60. 얼음이 빛나는 순간 이금이 지음

아이와 어른의 경계에서 몸살을 앓던 두 소년이 5년 뒤 전혀 다른 풍경을 띠게 된 각자의 삶
을 응시한다. 우연으로 시작해 선택으로 이루어지는 인생의 내밀한 진실을 담았다.
★ 윤석중문학상 수상작가 ★ 학교도서관저널 추천도서

61. 택배 왔습니다 심은경 지음

질풍노도를 겪는 청소년과 그의 가족, 친구, 사회의 풍경을 그린 여섯 편의 단편청소년소설.
건강하게 자립하고 따뜻하게 소통할 줄 아는 인물들의 모습에서 희망을 엿볼 수 있다.
★ 한국문화예술위원회 우수문학도서 ★ 학교도서관저널 추천도서 ★ 아침독서 청소년 추천도서

62. 똥통에 살으리랏다 최영희 외 지음

팍팍한 사회 현실 속 청소년들의 고민을 각기 다른 개성으로 그린 네 편의 단편청소년소설을
묶었다. 부조리한 사회와 욕망을 관찰하고 풍자하는 이야기가 공감을 불러일으킨다.
★ 제11회 푸른문학상 수상작 ★ 아침독서 청소년 추천도서 ★ 국립어린이청소년도서관 사서 추천도서

63. 나에게 속삭여 봐 강숙인 지음

어느 날 갑자기 죽음을 맞이한 열일곱 살 소년 서준과 혼령의 기를 느끼는 소녀 아리 그리고
서준의 쌍둥이 여동생 유주가 각자의 방법으로 성장해 나가는 청소년 판타지소설.
★ 윤석중문학상 수상작가 ★ 학교도서관저널 추천도서

64. 아버지의 알통 박형권 지음

촌스러운 아빠와 바닷가 마을에 살게 되면서 정직하게 일하는 사람들을 만나며 한층 성장해 가는 주인공의 이야기가 유쾌한 감동을 선사한다.

★한국안데르센상 수상작가

65. 나는 나다 안오일 지음

청소년들에게 자신의 꿈이 무엇인지 알게 해 주어 스스로 자신의 삶에 당당하게 맞서는 모습을 보고 싶다는 작가의 바람을 담은 청소년시 57편이 실려 있다.

★제8회 푸른문학상 수상작가

66. 순희네 집 유순희 지음

순희네 집에 얽힌 가슴 아프지만 따뜻한 이야기와 성장통을 겪는 순희의 모습을 작가 특유의 섬세한 문장 안에 담아낸 자전적 소설이다.

★제14회 MBC 창작동화대상 수상작 ★제8회 푸른문학상 수상작가 ★한국출판문화산업진흥원 선정 세종도서

67. 첫 키스는 엘프와 최영희 지음

제11회 푸른문학상 수상작가의 첫 청소년소설집으로, 미래에 대한 압박감에 갇혀 십 대 시절을 보내는 오늘의 청소년들에게 부치는 편지 같은 소설 여섯 편을 묶었다.

★제11회 푸른문학상 수상작가 ★아침독서 청소년 추천도서 ★어린이도서연구회 청소년 권장도서

68. 숨은 길 찾기 이금이 지음

이금이 작가의 대표작 『너도 하늘말나리야』의 두 번째 후속작으로 소희의 욕망과 아픔을 다룬 『소희의 방』에 이어 달빛마을에 남은 미르와 바우의 사랑과 꿈을 섬세하게 그려 낸 성장소설이다.

★소천아동문학상 수상작가 ★한국출판문화산업진흥원 선정 세종도서

69. 스키니진 길들이기 김정미 외 지음

아직 미완성인 '나'의 정체성을 찾기 위해 고군분투하는 청소년들의 모습을 그린 네 편의 단편청소년소설이 실려 있다. 청소년이라면 누구나 고민해 봤을 만한 이야기가 공감을 불러일으킨다.

★제12회 푸른문학상 수상작 ★한국출판문화산업진흥원 선정 이달의 책 ★아침독서 청소년 추천도서

70. 나는 블랙컨슈머였어! 윤영선 외 지음

우리 사회를 바라보는 날카로운 시선과 따뜻한 유머가 다채롭게 어우러진 네 편의 청소년소설을 엮었다. 삭막한 현실 속에서도 당당히 자신의 길을 가는 청소년들의 이야기가 매력적이다.

★제12회 푸른문학상 수상작

71. 우리는 가족일까 유니게 지음

5년 만에 엄마의 부고와 함께 미국에서 돌아온 동생으로 인해 방황하는 열일곱 살 소녀의 성장기를 그렸다. 고통스러운 시간을 함께 이겨 내는 가족의 소중함을 다시금 일깨워 준다.

★한국출판문화산업진흥원 선정 세종도서 ★서울시교육청 어린이도서관 청소년 권장도서

72. 사과를 주세요 진 희 외 지음

꿈과 현실 사이에서 당차게 자신의 길을 찾아 나선 청소년들의 삶을 이야기하는 네 편의 청소년소설이 실려 있다. 찬란하게 빛나는 청소년들의 굳건한 의지와 신념이 유쾌하고 따뜻한 시선으로 그려진다.

★제13회 푸른문학상 수상작

73. 신라 공주 파라랑 김정 지음

고대 페르시아 서사시 「쿠쉬나메」의 시공간을 배경으로 한 역사소설. 낯선 이국 땅 페르시아로 건너가 사랑으로 고난을 극복하는 신라 공주 파라랑의 삶은 희망이라는 인간 본연의 메시지를 전한다.
★제1회 푸른문학상 수상작가

74. 옥상에서 10분만 조규미 지음

제10회 푸른문학상 수상작가의 첫 청소년소설집으로, 관계 속에서 사소한 말이나 장난이 큰 사건이 되어 돌아왔을 때 겪게 되는 고민과 갈등을 섬세하게 다룬 소설 다섯 편을 묶었다.
★제10회 푸른문학상 수상작가

75. 별에서 별까지 신형건 지음

지난 30여 년간 아이들과 어른들 모두에게 사랑받는 동시를 써 온 시인의 작품 중 특별히 청소년들에게 공감을 살 만한 시들을 골라 엮었다. 자극적이지 않은 언어로 마음을 어루만지는 청소년시집.
★대한민국문학상 수상작가 ★윤석중문학상 수상작가

76. 뱅뱅 김선경 지음

어른들은 몰라서 더 재미있는 진짜 우리 이야기, 지금 청소년들의 속마음을 거침없이 그려 낸 개성 강한 청소년시집. 긴 방황의 끝에서 진정한 자신을 찾기를 바라는 시인의 바람이 담겼다.
★제11회 푸른문학상 수상작가

*〈푸른도서관〉 시리즈는 계속 나옵니다!